हवलदार बहादुर
और
नवाब
का घोड़ा
चित्रांकन : बेदी
कहानी : विनय प्रभाकर
हवलदार बहादुर करीम नगर जाने के लिए ट्रेन में सवार हुए थे।
अरे वाह! यह तो पूरी बर्थ खाली मिल गई।
सीट पर पसरकर उन्होंने चादर तान ली।
ही...ही...ही...! अब आयेगा यात्रा का मजा।
तभी–
ऐ भाई...!
क... कौन है बे...?
बैठने के लिए थोड़ी जगह दो भाई! पूरी सीट पर क्यों पसरे पड़े हो?
अबे ओय, तू शायद जानता नहीं मैं कौन हूं? चल फूट यहां से।
वह यात्री बेचारा रौब में आ गया।
ठ...ठीक है जी। मैं कहीं और जाकर बैठ जाता हूं।
नींद खराब कर दी साले ने...!

कुछ ही देर बाद—
ऐ भाई, थोड़ा खिसकना। हमें भी बैठना है।
अबे दिखता नहीं, मैं सो रहा हूं। कहीं और जाकर बैठ जा।
मगर भइया, हमने भी तो टिकट लिया है यहां बैठने के लिए।
अबे ओय, तू जानता नहीं मैं कौन हूं? यहां से आगे निकल ले, वरना...।
वह यात्री भी डरकर आगे बढ़ गया।
ही... ही... ही...! डर गया साला। अब कोई परेशान करने नहीं आयेगा।
यह आदमी कोई बहुत बड़ा बदमाश है।
ऐसा ही लगता है बहन।
तभी—
आंय! यह कौन बेवकूफ लेटा हुआ है?
खर्र... खर्र...र्र...
ओय, उठ!
कौन है बे?
अबे यह सीट तेरे बाप की है क्या? चल जरा साइड होले. मुझे बैठना है।
ओय, तू जानता नहीं मैं कौन हूं?

कौन है बे तू?
ओय, यह क्या कर रहा है? छोड़ दे।
पहले बता कौन है तू?
म... मैं तो बीमार हूं भाई... ऐसे ही लेट गया था। अब तो छोड़ दो।
पहलवान के छोड़ते ही वह सिकुड़कर बैठ गए।
यह बंदा तो बहुत कड़क है।
हा... हा... हा...!
रेल को अपने बाप का घर समझ रखा था साले ने।
ही... ही... ही...!
बहुत अकड़ रहा है साला। अगर अभी बता दूं कि मैं पुलिस हवलदार हूं तो कपड़े खराब हो जाएंगे साले के। मगर इस समय मैं बता नहीं सकता, क्योंकि मैं एक खुफिया मिशन पर जा रहा हूं।
यह सोचकर...
...उन्होंने जेब से कमिश्नर साहब का वह लिखित आदेश निकाला, जिसके कारण वह करीम नगर जा रहे थे।
हवलदार बहादुर। पहली ट्रेन से तुरन्त करीम नगर पहुंच जाओ। वहां के नवाब गुल अलीयार खान साहब के प्रिय सुल्तान पाशा की सुरक्षा की ज़िम्मेदारी तुम्हें सौंपी जा रही है। पूरी जानकारी तुम्हें वहीं मिल जाएगी। और ध्यान रहे, वहां नवाब साहब के अतिरिक्त तुम किसी और को यह नहीं बताओगे कि तुम्हारा सम्बन्ध पुलिस से है।

करीमनगर के स्टेशन पर ट्रेन रुकी तो हवलदार बहादुर नीचे उतरे।
कुली...!
ही...ही...ही! यहां कुली नहीं होता साहब। कहें तो सामान हम उठा लें।
करीम नगर
KARIM NAGAR
तू कौन है बे? सामान को हाथ लगाया तो एक झापड़ दूंगा।
म...मैं तो रिक्शा-वाला हूं बाऊजी। आप जहां कहेंगे, पहुंचा दूंगा।
नहीं जाना तेरे रिक्शे में। हम नवाब गुल अलीयार खान साहब के मेहमान हैं। उनकी हवेली पर टैक्सी से जाएंगे।
टैक्सी! हा... हा... हा! लगता है, यहां नए आए हो बाबू!
स्टेशन के बाहर—
आंय! यह कैसी जगह है? कोई टैक्सी ही दिखाई नहीं देती।
तभी—
कहां जाएंगे बाबू जी?
ओह तांगा! चलो रिक्शा से तो यह अच्छा रहेगा।

वह तुरन्त तांगे में सवार हो गए।
कहां चलूं जी?
नवाब गुल अलीयार खान साहब की हवेली पर जाना है हमें।
तांगा गांव की कच्ची सड़क पर दौड़ने लगा।
तुम्हारा घोड़ा तो बहुत शानदार है भाई। बहुत तेज दौड़ता है।
हम इसे गुड़ और चने खिलाते हैं साहब। इसीलिए इतना तगड़ा है। बस जरा लगाम को झटका देने की देर है, यह हवा से बातें करने लगता है।
हम जरा बीड़ी खरीद लें साहब!
खरीद लो यार। तुम भी क्या याद करोगे किसी से पाला पड़ा था।
तांगे वाले के जाते ही हवलदार ने घोड़े की लगाम से पंगा ले लिया।
थोड़ी दूर चलाकर देखता हूं।
लेकिन जैसे ही लगाम को झटका लगा –
फ्निन...
ओय...!
अगले पल घोड़ा तूफानी गति से दौड़ पड़ा।
अबे ओय, रुक जा... ओ घोड़े सुन...!

तभी तांगे का पहिया सड़क के किनारे पड़े पत्थर से टकराया और झटका लगने से हवलदार रॉकेट की तरह तांगे से निकले।
आई...ई...ई...!
निकट ही कीचड़ से भरा गड्ढा था।
छपाक
उफ!
पीछे से तांगे वाला दौड़ता हुआ आ रहा था।
अरे, यह क्या हो गया बाबू जी? कहीं चोट तो नहीं लगी?
न... नहीं! मगर कपड़े खराब हो गए हैं।
माफ करना जी। हमारे घोड़े की गलती से आपका हुलिया बिगड़ गया। इस हालत में तो आपको नवाब साहब की हवेली में भी नहीं घुसने दिया जाएगा। वहां सफाई का बहुत ख्याल रखा जाता है।
तो हमें ऐसी जगह ले चलो, जहां नहाकर हम अपना हुलिया सुधार सकें।
तांगेवाला उन्हें अपने घर ले आया।
आप नहाकर कपड़े बदल लीजिए, फिर मैं आपको हवेली छोड़ आऊंगा।
ठीक है।
तांगे वाले का नाम कालेखां था। उसने अपने घर में हवलदार की खूब खातिर की तो हवलदार भी उस पर मेहरबान हो गए थे।
तुम बहुत अच्छे आदमी हो कालेखां। तुमने नवाब साहब के मेहमान की मदद की है। मैं तुम्हें उनसे इनाम दिलवाऊंगा।
मेहरबानी जी!

कुछ ही देर में वह नवाब साहब की विशाल हवेली के सामने पहुंच गए।
ए, रुको। कहां घुसे चले आ रहे हो?
हमें नवाब साहब से मिलना है।
तो नीचे उतरिए। तांगा हवेली के अंदर ले जाना मना है।
अबे ओय, तू जानता नहीं मैं कौन हूं। हम शहर से आए हैं।
आप जरा तमीज से गुफ्त-गू कीजिए हुजूर। कहीं ऐसा न हो कि हम आपकी शान में गुस्ताखी कर बैठें।
अबे काहे में क्या कर देगा तू? आखिर बक क्या रहा है?
ओ बाऊजी! इससे ऐसी बात न कीजिए। यह बहुत कड़क दरबान है और लखनऊ की नवाबी भाषा में आपको ठोकने की धमकी दे रहा है। मेरा मशवरा तो यह है कि आप तांगे से उतरकर भीतर चले जाइए।
बहुत तगड़ा है साला।
ठीक है। तुम कहते हो तो उतर जाता हूं।
जैसे ही हवलदार हवेली में जाने के लिए बढ़े।
मैंने कहा हुजूर, जरा सुनिए तो...।
अब क्या है बे?

बात यह है हुजूर कि आप मुझे बहुत ही बेहूदा किस्म के आदमी लगते हैं। ख्याल रखिएगा, कहीं आपने नवाब साहब के सामने कोई बदतमीजी कर दी तो उन्हें गुस्सा आ जाएगा। और गुस्से में वह फौरन गोली चला देते हैं।
अरे बाप रे! क्या नवाब साहब पागल हैं?
जुबान को लगाम दीजिए हुजूर। अल्लाह ताला के करम से नवाब साहब का दिमाग बिल्कुल ठीक है। बस, आप उनके सामने जरा इज्जत से पेश आएं और उनको झुककर सलाम करें।
ठीक है... ठीक है। हमें नवाबी अंदाज में सलाम करना आता है।
और वह हवेली के मुख्य द्वार पर पहुंच गए, जहां से एक नौकर उन्हें नवाब साहब के दीवान खाने में ले आया।
आप तशरीफ रखिए हुजूर! मैं नवाब साहब को आपके आने की खबर देता हूं।
तशरीफ क्या...? साला बावला है।
ठीक है, मैं तशरीफ रखता हूं।
नौकर चला गया तो हवलदार की नजर फर्शी हुक्के पर पड़ी।
ओह हुक्का! स्वर्गवासी पिताजी भी हुक्का गुड़गुड़ाया करते थे। आज हम भी एक कश लगाते हैं।
मसनद पर बैठकर उन्होंने हुक्के का कश लगाया।
वाह! मजा आ गया।
गड़... गड़... गड़...
तभी —
आंय! यह कौन बदतमीज है, जो हमारा हुक्का गुड़गुड़ा रहा है?

और—
हैण्ड्स अप...!
कौन हो तुम, हमारा हुक्का क्यों पी रहे थे?
आई...ई...ही...ही...ही...ही...! गुदगुदी हो रही है जी...!
खामोश बदतमीज! तुम्हारी हिम्मत कैसे हुई नवाब गुल अलीयार खान के हुक्के को मुंह लगाने की? जल्दी बताओ, कौन हो तुम?
म...मैं कमिश्नर हूं जनाब, हवलदार साहब ने मुझे भेजा है।
क्या मतलब? इधर देखकर बात करो।
ही... ही... ही...!
बत्तीसी बंद करो। तुम इस वक्त नवाब गुल अलीयार खान के सामने खड़े हो।
नवाब साहब...!
सलाम पेश करता हूं हुजूर!
सलाम की नहीं हुक्के की बात करो। क्यों पिया हमारा हुक्का?
माफ कर दीजिए हुजूर। मुझसे गलती हो गई। दरअसल मुझे कमिश्नर साहब ने आपके पास भेजा है।

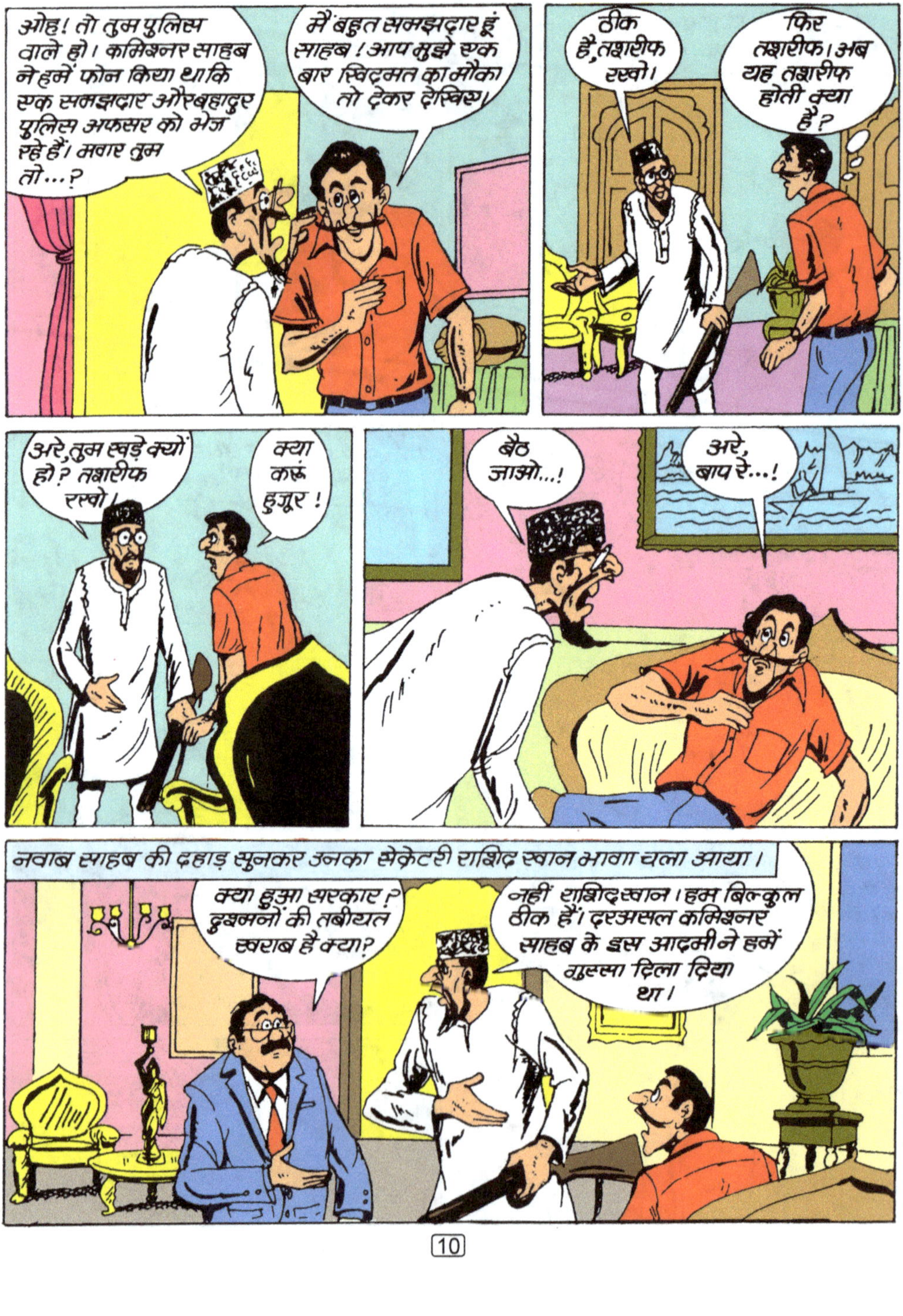
ओह! तो तुम पुलिस वाले हो। कमिश्नर साहब ने हमें फोन किया था कि एक समझदार और बहादुर पुलिस अफसर को भेज रहे हैं। मगर तुम तो...?
मैं बहुत समझदार हूं साहब! आप मुझे एक बार खिदमत का मौका तो देकर देखिए।
ठीक है, तशरीफ रखो।
फिर तशरीफ। अब यह तशरीफ होती क्या है?
अरे, तुम खड़े क्यों हो? तशरीफ रखो।
क्या करूं हुजूर!
बैठ जाओ...!
अरे, बाप रे...!
नवाब साहब की दहाड़ सुनकर उनका सेक्रेटरी राशिद खान भागा चला आया।
क्या हुआ सरकार? दुश्मनों की तबीयत खराब है क्या?
नहीं राशिद खान। हम बिल्कुल ठीक हैं। दरअसल कमिश्नर साहब के इस आदमी ने हमें गुस्सा दिला दिया था।

यहां तो सब ससुरे बावले हैं।
आप कहें तो इसकी खाल खींच कर भूसा भरवा दूं सरकार?
अरे नहीं! हमने इसे माफ कर दिया है। और वैसे भी कमिश्नर साहब ने इसे हमारे सुल्तान पाशा की हिफाजत के लिए भेजा है।
यह सुल्तान पाशा आपके सुपुत्र यानी साहबजादे हैं क्या सरकार?
लाहौल विला कुवत... कहां है मेरी बंदूक...?
क... क्या हो गया हुजूर?
गोली मार दूंगा।
माफी मांगो जल्दी। नवाब साहब को गुस्सा आ गया है।
मगर क्यों? मैंने क्या इनकी मुर्गी के अण्डे पर पांव रख दिया है?
अरे बेवकूफ! सुल्तान पाशा नवाब साहब के घोड़े का नाम है।
घोड़े का नाम? तो क्या कमिश्नर साहब ने मुझे यहां एक टट्टू की सुरक्षा के लिए भेजा है।
टट्टू! गोली मार दूंगा...!
यह बावलापन छोड़िये नवाब साहब! मैं पुलिस का आदमी हूं, मुझे गोली मारेंगे तो आपको फांसी पर लटका दिया जाएगा।
सेक्रेटरी! इस बेहूदा आदमी को बाहर निकाल दो। हम इसकी शक्ल भी नहीं देखना चाहते।

मगर सरकार! आपने इसे निकाल दिया तो कमिश्नर साहब नाराज़ हो जाएंगे।
ठीक है। मगर इसे समझा दो, आइंदा सुल्तान पाशा को टट्टू न कहे।
सुन लिया भाई। अब सुल्तान पाशा को टट्टू न कहना। वह अरबी नस्ल का एक शानदार घोड़ा है। चार दिन बाद वह एक बहुत बड़ी रेस में दौड़ने वाला है, जिसमें उस पर लाखों रुपए के दांव लगेंगे। नवाब साहब के कुछ दुश्मन सुल्तान पाशा का अपहरण करना चाहते हैं, ताकि वह रेस में न भाग सके और दुश्मनों का घोड़ा जीत जाए।
ओह! अब आई बात समझ में। यह मामला अपहरण का है, लेकिन मेरे होते कोई आपके टट्टू को छू भी नहीं सकता।
फिर टट्टू कहा।
ही... ही... ही...! फिर गलती हो गई।
सेक्रेटरी! ले जाओ इसे और अस्तबल दिखा दो।
अस्तबल हवेली के पिछले भाग में बना हुआ था।
वह रहा अस्तबल। सुल्तान पाशा यहीं रहते हैं।

क्या अस्तबल को हमेशा बंद रखा जाता है?
हां। और सुल्तान पाशा की हिफाजत के लिए एक गार्ड हमेशा उनके साथ अस्तबल में रहता है।
ओह! तो यह है वह टट्टू?
तभी—
या...हू...!
ओय...!
आह!
तड़ाक

धाड़
हाय! मर गया...।
जल्दी बता कौन है तू?
म... म... मैं... मैं...।
घबराहट में हवलदार के मुख से शब्द ही नहीं निकल सके।
तभी सेक्रेटरी लपककर निकट आया।
अरे, छोड़ो इन्हें। यह दुश्मन नहीं हैं।
फिर यह अस्तबल में क्यों आये थे सेक्रेटरी साहब?
हाय! मार डाला।
अरे भाई, नवाब साहब ने सुल्तान पाशा की हिफाजत के लिए इन्हें शहर से बुलवाया है।
ओह! मैं तो समझा था, यह पाशा को नुकसान पहुंचाने आए हैं।
मगर तू कौन है बे, जिसने मुझे नुकसान पहुंचा दिया?
इसका नाम जमाल है। यह सुल्तान पाशा का गार्ड है। आप इनके लिए अजनबी हैं न, इसीलिए ठोक दिया आपको। ज्यादा तो नहीं लगी।
आह...! कोई खास नहीं लगी, मगर अब यह गार्ड का बच्चा यहां नहीं रहेगा। चार दिन तक हम अकेले ही इस टट्टू की हिफाजत करेंगे।

सोच लीजिए हुजूर। एक से दो भले होते हैं। दुश्मन बहुत खतरनाक लोग हैं।
ओय, मैं भी बहुत खतरनाक हूं। सब सालों को पकड़कर हवालात में सड़ा दूंगा।
सेक्रेटरी ने जाकर नवाब साहब को सारी बात बताई तो वह बोले—
कमिश्नर साहब ने हमसे फोन पर कहा था कि हमें हवलदार की हर बात माननी पड़ेगी। इसलिए वह जो कर रहा है, करने दो। लेकिन उस पर दूर रह कर नजर रखो।
ठीक है हुजूर!
उधर हवलदार बहादुर ने अस्तबल के दरवाजे के सामने अपना बिस्तर लगवा लिया था।
मेरे यहां रहते कोई बदमाश उस टट्टू की दुम का बाल भी नहीं छू सकेगा। एक-एक को अंदर कर दूंगा।
आधी रात के समय अस्तबल के निकट की चारदीवारी पर एक छाया ने सिर उभारा।
आंय, यह कौन है?
तभी—
ओह! एक और भी है। यह ससुरे जरूर पाशा का अपहरण करने आए हैं। देख लूंगा सालों को।

अस्तबल के भीतर चलता हूं।
अंदर निपटूंगा सालों से।
अस्तबल में आकर वह घास के ढेर के पीछे छुप गए।
अब आ जाओ सालों।
कुछ देर बाद—
आ जाओ, मैदान साफ है।
दोनों भीतर आ गये।
मैं चारदीवारी का पिछला दरवाजा खोल आया हूं। घोड़े को लेकर उसी दरवाजे से निकल जाएंगे।
ठीक है। मैं घोड़ा खोल लेता हूं।
तभी—
अबे ओय, घोड़े को हाथ मत लगाइयो।
क... कौन?

कौन हो तुम?
ही...ही...ही! बहादुर नाम है मेरा, हवलदार बहादुर!
ही...ही...ही...! उस्ताद, यह चिड़ीमार तो प्रेम चोपड़ा के स्टाइल में डायलॉग बोल रहा है। कहो तो काट डालूं साले को।
काट डाल। आज हम यह घोड़ा लेकर ही जाएंगे।
काटने तो मैं आ रहा हूं सालों।
धाड़
आह!
या... ही... हू...!
अरे बाप रे...!
हवलदार इस समय ब्रूसली के भी उस्ताद लग रहे थे।
तड़ाक
आई ई... ई...ई!
ढिशुम
उफ!

दोनों बदमाशों की उन्होंने जमकर पिटाई लगाई।
ढिशुम
धाड़
आह...! यह तो बहुत भयानक आदमी है।
धाड़
भागो!
अबे काटेगा नहीं क्या?
दूसरा भी दरवाजे की ओर लपका, मगर हवलदार ने उसे दबोच लिया।
जाता कहां है बे, घोड़ा नहीं ले जाएगा क्या?
न... नहीं
उसी समय सेक्रेटरी शाहिद खान टहलता हुआ अस्तबल की ओर आ निकला।
आंय, इसे क्या हुआ?
नहीं छोड़ूंगा। हवालात में बंद करके सड़ा दूंगा साले।
ऐ भाई...!
धाड़
आह!

अबे, यह क्या बदतमीजी है... ?
आंय, यह कौन चीखा ?
ओह! सेक्रेटरी साहब आप! वह बदमाश कहां गया ?
कौन बदमाश? यहां तो कोई नहीं था। तुम अपने तकिये से कुश्ती लड़ रहे थे। और मेरे भी एक दुलत्ती झाड़ दी।
म... माफ करना सेक्रेटरी जी। मैं शायद सपना देख रहा था।
सपना ? यानी तुम सो रहे थे। और अगर कोई सुलतान पाशा को ले जाता तो ?
बावली बातें न करो सेक्रेटरी जी। सुलतान पाशा कोई चूहे का बच्चा है, जो कोई जेब में रखकर ले जाएगा।
ले जा नहीं सकता, मगर नुकसान तो पहुंचा सकता है। उसके खाने में जहर मिला सकता है या फिर उसे गोली मार सकता है। तुम अपनी ड्यूटी ठीक से अंजाम नहीं दे रहे हो। मैं नवाब साहब से शिकायत करूंगा।
सुबह सेक्रेटरी ने नवाब साहब से शिकायत की।
हुजूर! वह हवलदार तो रात भर सोता है और अजीब-अजीब सपने देखता है।
अच्छी बात है। आज रात हम खुद जाकर चैक करेंगे। अगर वह सोता हुआ मिला तो गोली मार देंगे बदतमीज को।
रात को—
अचानक जाकर चैक करूंगा उस हवलदार के बच्चे को।

हवेली से बाहर आकर वह दबे कदमों से अस्तबल की ओर चल दिये।
उधर हवलदार को यह आशा थी कि सेक्रेटरी आज उन्हें फिर चेक करने आएगा। अतः सेक्रेटरी से मजाक करने के इरादे से उन्होंने चारपाई पर तकिये रखकर ऊपर से चादर ढांप दी थी और खुद चारपाई के नीचे घुसकर लेट गए थे। आधी रात के समय अचानक बाग में किसी के चलने की आहट सुनी।
शायद सेक्रेटरी आ रहा है। अब आयेगा मजा! ही... ही... ही...!
खर्र...खर्र
तभी—
आंय! यह तो सेक्रेटरी नहीं है। और चल भी चोरों की तरह रहा है।
ओह! वह हवलदार का बच्चा सचमुच सो रहा है।
उन्होंने बंदूक चादर से बाहर निकाली।
बंदूक! ओह! यह आदमी शायद सुल्तान पाशा को गोली मारने आया है।
खाट के निकट पहुंचकर —
हैं...!
चादर के नीचे तकिये देखकर वह हैरान रह गये।

तभी उनके पैरों के नीचे से जमीन खिसक गई।
-उफ़!
तभी हवलदार ने पूरी चारपाई उन पर उछाल दी।
धाड़
नवाब साहब छटपटाकर चारपाई के नीचे से निकले।
ई...ई...ई...
तभी हवलदार ने उन पर सवारी गांठ ली।
हे...हे...हे...! पकड़ लिया।
आई...ई ई!
मुंह पर दरी और चादर लिपटी होने के कारण नवाब साहब के मुख से आवाज नहीं निकल पा रही थी।
और हवलदार पूरी शक्ति से उनको रगड़े लगा रहे थे।
घोड़े को गोली मारने आया था साले!
गुर्र...ई... ई...!
किसी तरह नवाब अपने चेहरे से दरी हटाने में सफल हो गए।
ओ हवलदार के बच्चे! यह मैं हूं, नवाब गुल अलीयार खान...!
आंय! मैंने नवाब साहब को घोड़ा बना दिया।

ही... ही... ही...! सरकार आप? मैं तो समझा था दुश्मन है।
दुश्मन के बच्चे, अब उठेगा या नहीं?
हवलदार के उठते ही नवाब साहब ने लपककर बंदूक उठाई।
गोली मार दूंगा... गुर्र... गुर्र...!
म... मेरा कोई कसूर नहीं है सरकार। मैं तो अपनी ड्यूटी दे रहा था। आप ही चोरों की तरह यहां आए और गलतफहमी हो गई। घोड़ा बना दिया आपको।
चुप! खबरदार यह बात दोबारा मुंह से निकाली तो।
क्या सरकार?
यही कि तुमने घोड़ा बनाकर हमारी पिटाई की थी। अगर नौकरों ने सुना तो हमारी बेइज्जती होगी। तुम यह बात किसी को न बताने का वायदा करो तो हम तुम्हें माफ कर सकते हैं।
मैं किसी को नहीं बताऊंगा सरकार। ही... ही... ही...!
ठीक है, हमने तुम्हें माफ कर दिया। लेकिन हमारे सुल्तान पाशा की निगरानी में कोई कमी नहीं आनी चाहिए। सिर्फ कल का दिन बीच में है। परसों दोपहर सुल्तान पाशा को रेस में दौड़ना है।
बेफिक्र रहिए सरकार! सुल्तान पाशा रेस में जरूर दौड़ेगा।
नवाब साहब संतुष्ट होकर वापस चले गये।
अगले दिन शाम के समय हवलदार ने सुल्तान पाशा को बाग में टहलाने के लिए अस्तबल से निकाला।
आजा, तुझे बाग की सैर कराता हूं।

बाग में आते ही घोड़ा उछल-कूद करने लगा।
अबे, यह क्या हरकत है? रुक जा... रुक जा...!
हवलदार को घोड़े को काबू करना तो आता नहीं था। अतः उन्होंने जोर से रस्सी खींची तो घोड़ा बिदक गया और-
ई... ई... ई... ओय ठहर...!
एक बार उन्होंने उठने की कोशिश की, तभी घोड़े ने जोर से झटका दिया।
ओय!
जूं...
घबराकर वह घोड़े की गर्दन से चिपट गए।
ओय, रुक जा... म... मैं गिर जाऊंगा...!
हिन... हिन...
घोड़ा रुकने की बजाय बाग की चार-दीवारी टॉप गया।
शूं...
हवेली के पीछे दूर तक खेत फैले हुए थे। बाहर आकर घोड़ा सरपट दौड़ लिया।

हवेली से बहुत दूर आने के बाद एक खेत में उसने हवलदार को पटक दिया...
हाय!मर गया!
धड़ाम
...और खुद घास चरने लगा।
तेरा सत्यानाश हो कमर तोड़ दी मेरी... आह...!
तभी —
अरे बाऊजी आप?
कालेखां...!
हां बाऊजी! हम तो अपने घोड़े के लिए घास लेने आए थे, लेकिन आप यहां कैसे?
हम... अरे हां, हम जरा नवाब साहब के घोड़े को टहलाने लाए थे।
घोड़ा घास चरने में व्यस्त था। हवलदार ने आगे बढ़कर उसकी रस्सी थामली।
बहुत शैतान घोड़ा है यह।
घोड़े तो शैतान होते ही हैं बाऊजी। चलिए, अब आप यहां आ ही गए हैं तो एक कप चाय पीकर जाइएगा।
अरे नहीं, इसे लेकर हवेली वापस जाना है।
चलिए भी। गुड़ की चाय बनाकर पिलाएंगे।
इतने प्रेम से किया आग्रह हवलदार टाल नहीं सके और घोड़े की रस्सी थामकर उसके साथ चल दिये।

कालेखां के घर के बाहर उसका घोड़ा छप्पर में बंधा हुआ था। हवलदार ने भी सुल्तान पाशा को वहीं बांध दिया।
कोई शरारत मत कीजिये। हम उनकी चाय पीकर आते हैं।
कालेखां ने सचमुच बहुत बढ़िया चाय बनाई थी।
वाह कालेखां! तुम्हारी गुड़ की चाय हमें हमेशा याद रहेगी।
मेहरबानी जी...!
हवलदार जब वापस हवेली पहुंचे तो अंधेरा फैलने लगा था।
आंय! आप सुल्तान पाशा को कब और कहां ले गए थे हुजूर?
ही... ही... ही...! हम नहीं ले गए थे। यह टट्टू हमें ले गया था।
घोड़े को लेकर उन्होंने अस्तबल में बांध दिया।
नवाब साहब को पता चलेगा कि हम सुल्तान पाशा को बाहर ले गए थे तो पता नहीं क्या कहेंगे? खैर, देखा जाएगा।
मगर नवाब साहब उस समय एक दावत में गए हुए थे, इसलिए उन्हें इस घटना का पता ही नहीं चला था। हवलदार अस्तबल के बाहर खाट पर पसर गए।
बस, आज रात की बात और है। कल मुझे इस घोड़े की रखवाली से मुक्ति मिल जाएगी। कमिश्नर साहब ने भी कहां फंसाया है इस बार।
आधी रात के समय—
आंय! फिर वही सपना।

दूसरा भी है। ही... ही... ही...! मुझे वही सपना दोबारा आ रहा है।
दोनों नकाबपोश खाट के निकट आए तो –
ओह! यह तो सपना नहीं है।
तभी–
ओय...!
धाड़
दूसरे ने आगे बढ़कर उनका मुंह बंद कर लिया।
इसे उठाकर अस्तबल में ले चलो।
गूईं...गूईं...गूईं...
दोनों उन्हें भीतर उठा लाए और मुंह में कपड़ा ठूंसने के बाद उनके हाथ-पांव बांध दिए।
धाड़

फिर एक ने जेब से साइलेंसर युक्त रिवाल्वर निकाला और...
ओह! घोड़े को गोली मार दी।
पिट... पिट...
हिन...न
मर गया।
चलो, हमारा काम हो गया है।
दोनों बाहर निकल गए थे।
हे भगवान! अब क्या होगा? मैं सुल्तान पाशा की रक्षा नहीं कर सका। नवाब को और कमिश्नर साहब को क्या मुंह दिखाऊंगा?
सुबह को अस्तबल की सफाई करने वाला जमादार आया तो—
अरे! सुल्तान पाशा को क्या हुआ?
फिर उसकी नजर हवलदार पर पड़ी तो उसने लपककर उनके बन्धन खोले।
यह क्या हो गया?
ब... बदमाशों ने घोड़े को गोली मार दी।
यह सुनते ही जमादार हवेली की ओर भाग लिया।
गजब हो गया हुजूर! किसी ने सुल्तान पाशा को गोली मार दी।

यह सुनकर नवाबसाहब बाहर निकले।
हुजूर! सुल्तान पाशा मर गया।
क्या?
वह लपककर अस्तबल पहुंचे।
क्या हुआ सुल्तान पाशा को?
म... मर गया हुजूर!
नवाब साहब ने भीतर झांका।
हाय सुल्तान पाशा! तुझे क्या हो गया?
दो बदमाशों ने उसे गोली मार दी हुजूर!
हवलदार घबराकर वहां से भाग खड़े हुए।
ओय, रुक जा।
हवेली से बाहर आकर भी हवलदार रुके नहीं थे।
स्टेशन पहुंचकर पहली गाड़ी पकड़ लूंगा शहर जाने के लिए।
तभी उन्होंने सामने से कालेखां को आते देखा तो उसके निकट पहुंचकर ब्रेक लगाए।
ओह! कालेखां!
आप इस तरह कहां भागे जा रहे हैं बाऊजी।

स्टेशन जा रहा हूं। तुम्हारा तांगा कहां है?
क्या मतलब?
साहब, कल आप गलती से हमारा घोड़ा खोलकर ले आए थे और नवाब साहब का घोड़ा वहां छोड़ दिया था।
तांगा तो घर खड़ा है। हम आपके पास अपना घोड़ा लेने आ रहे थे साहब!
क्या? यह घोड़ा नवाब साहब का है?
हां जी!
हवलदार ने जोश और खुशी से कालेखां का गाल चूम लिया।
पुच...पुच...
ही...ही...ही! क्या करते हो साहब?
कालेखां, तुमने हमें बहुत अच्छी खबर सुनाई है।
वह तो ठीक है, मगर हमारा घोड़ा कहां है?
तुम्हारा घोड़ा मर गया बेचारा।
मर गया? क्या कहते हो साहब? हम बर्बाद हो जाएंगे। भूखों मर जाएंगे।

घबराओ नहीं, तुम्हें नया घोड़ा दिया जायेगा। साथ ही इनाम भी मिलेगा। तुम्हारी वजह से ही तो आज मेरी इज्जत का फालूदा होने से बचा है।
कालेखां को समझा-बुझाकर उन्होंने घर वापस भेज दिया था।
उधर नवाब साहब हवेली के बाग में बंदूक लिए दहाड़ रहे थे।
जाओ, उस हवलदार के बच्चे को तलाश करो। जहां भी हो पकड़कर हमारे सामने लाओ। उसकी वजह से हमारा सुल्तान पाशा मारा गया। हम उसकी खाल में भूसा भरवा देंगे।
तभी—
अरे! सुल्तान पाशा तो वह आ रहे हैं।
अरे हां, यह तो हमारे सुल्ताना पाशा ही हैं।
ही... ही... ही... ! अब तो आप हमें गोली नहीं मारेंगे न सरकार?
नवाब साहब ने प्यार से घोड़े को चूमा।
पुच... पुच...
ही... ही... ही...!

यह क्या चक्कर है हवलदार? अस्तबल में जो घोड़ा मरा पड़ा है, वह...
वह कालेखां तांगे वाले का घोड़ा है सरकार। कल रात मैंने चुपके से घोड़े बदल दिए थे।
घोड़े बदल दिए थे, मगर क्यों?
मुझे शक हो गया था कि रात में सुल्तान पाशा पर हमला हो सकता है, क्योंकि सुबह रेस थी और दुश्मन के पास सुल्तान पाशा को ठिकाने लगाने के लिए सिर्फ एक रात बची थी। अत: मैंने बड़ी चालाकी से सुल्तान पाशा को काले खां के घोड़े से बदल दिया था।
वाह! तुमने तो कमाल कर दिया हवलदार। किस चालाकी से हमारे सुल्तान पाशा को बचाया है। अपने दुश्मनों से तो हम रेस के बाद निपट लेंगे, लेकिन तुम एक बहुत बड़े इनाम के हकदार हो गए हो।
इनाम तो कालेखां को मिलना चाहिए सरकार। उस बेचारे का घोड़ा भी मारा गया।
उसे हम एक नहीं, दो घोड़े खरीदकर देंगे।
आप बहुत अच्छे हैं सरकार।
पुच्च
अच्छे तो तुम हो हवलदार।
ही...ही...ही...! अच्छी तो मेरी किस्मत है, वरना मैंने जो किया है, वह किसी से छुपा तो नहीं है।
समाप्त

आगामी अंक में हवलदार बहादुर का एक सनसनी खेज कारनामा पढ़िए।
हवलदार बहादुर और अन्धे के हाथ बटेर

मनोज कॉमिक्स में

प्रसिद्ध वैज्ञानिक प्रो. मार्गो पी.पी. के अपहरणकर्ताओं से हवलदार बहादुर की जबरदस्त टक्कर

तहलका मचा देने वाला कॉमिक्स विशेषांक

हवलदार बहादुर और
साठ लाख का बकरा

हवलदार बहादुर सीरीज का एक और सनसनीखेज, धमाकेदार और **हा... हा... हा... कारी कॉमिक्स विशेषांक**

www.ingramcontent.com/pod-product-compliance
Lightning Source LLC
LaVergne TN
LVHW051012051026
849532LV00005B/1917
* 9 7 8 9 3 9 1 4 6 0 1 2 9 *